거꾸로 걷는 하루

거꾸로 걷는 하루

이문희 시집

도서출판
곰단지

시답잖은 시들이지만

오늘도 걸어서 출근한다. 나는 뚜벅이다.

자동차 운전하는 것을 두려워하는 운전치라서 그렇다.

걸으면서 여유 있게 주변을 둘러볼 수 있는 것도 좋다고 하지만

요즘은 여유 있게 걸어 다니기보다 종종걸음으로 바삐 걷는다.

바삐 살다 보니, 바삐 글줄을 옮기다 보니

시답잖은 말들이 둥둥 떠다닌다.

내가 썼던 시어들, 시답잖다.

누구나 쓸 만한 언어들을 늘어놓고

'시'라고 했던 날들이 부끄러워 미루고 미루었다.

아무리 미루어도 내 시편은

여전히 시답잖게 느껴지고 부끄러울 것이다.

이제 더는 미룰 수 없다는 생각이 든다.

시답잖은 시시한 이야기들을 모아본다.

뚜벅뚜벅 걸어온 길을 되짚어본다.

시간을 거슬러 거꾸로 걷는다.

오늘 하루만이라도 그런 날이 되기 바란다.

동인지에 실었던 작품은 빼고

오래전 썼던 시라도 세상에 내보이지 않았던 시편들을 모았다.

거꾸로 걷다 보니 내가 걸어온 길이 편치만은 않았던 것 같다.

그렇다고 모질고 거칠기만 하지는 않았던 것 같다.

적당히 버겁고 잘 견뎌냈고 그래서 행복했던 날들이었다.

서툴고 어리석고 그러나 겁 없던 날들,
내 젊음의 치기를 토닥이며 응원해본다.
지금 그 시기를 사는 청춘들에게 한마디 해주고 싶다.
그대들의 삶은 멋지다고, 아름답다고.

2023년 3월
이문희

바람
사
이
로

목소리 실종 사건

성은 목이요 이름은 소리예요

참한 아이였답니다.

쉴 새 없이 일하면서도 즐거워하던

열다섯 딸내미였지요

가끔 딴소리를 했지만

들어주지 못했지요 지금 새삼스레 후회됩니다

그 아이는 어디를 헤매고 있을까요?

방을 붙여 보려 합니다

방을 붙이려는데

사진 한 장 없네요

친구가 누구인지 알 수도 없고

오로지 이름 석 자뿐

어디서 어떻게 찾아야 할지

사흘 동안 애태우더니

집 나갔던 아이가 풀 죽어 집 주위를 맴돌고 있다네요

초인종을 누를 듯 말 듯 망설이고 있다네요

맨발로 달려 나가 맞이하려던 마음이 움츠러드네요

제 발로 들어오겠지요?

지렁이의 엑소더스

땡볕에 몸이 부셔 몸부림친다
흙 옷 입으려
빛을 막으려 안간힘 쓰지만
그늘은 어디인가?
어둠은 어디인가?

빛이 무서운 너
빛에 말라가는 너의 삶
어둔 곳 찾았더니
무겁다

어둠이 무겁다
숨이 막힌다
배가 터지고 창자가 비어져 나오는
아 나의 삶은 어디로
그냥 집에 있을 걸
조금만 참을 걸
손가락질하며 깔깔대는 그들 말을 들을걸

무거운 어둠 물러가고
촉촉한 그녀의 손길

드디어 비까지

오! 신이시여

감사합니다.

새로운 집을 찾았나이다

이제 영생을 얻었나이다

벗들이여, 동포들이여

새 삶을 찾았도다, 함께 하자, 여러분들!

어느 그늘이라도

한 여름날 출근길은
어느 그늘이라도 반갑다

키 작은 아카시아 흐트러진 머리채
흐트러져 흔들리는 그림자도

키만 삐죽 큰 전봇대 긴 그늘이
내 한 몸 받아준다

신호등 기다리는 잠깐이 시원하다

햇살 좋은 날

시들시들 말라비틀어진 사과 반 쪽
시금털털한 맛에
시큰둥해진다
시름시름 잦아드는
시원찮은 소리
가르릉가르릉
나른한 잠 부른다

햇살 좋은 날

기지개 쭉 켜고 사냥 한 번 해봄세
시원하게
이야옹 –

그해 겨울

겨울
바람으로 눈덩이로 오다
아니 호랑이보다도 무섭다는
바이러스로 오다
귀로 눈으로 웅웅 소리로 쳐들어온다

두꺼운 담을 치고
담장 안에서만 조심조심 살라한다
가능하면 밥도 먹지 말라한다
마스크를 벗으면 안 된다니 말이다

기도도 마음으로 하자
눈 감고 손 모으고
그러나 통성하지 말지어다
떼로 할 수 없다 그럴 수는 없다 그러면 전염된다 죽는다
이 세상 헤쳐 나가는 건 내 할 일이니
그대 그냥 마음만 보태주게나
네모난 화면으로 만나세나

모임은 전설이 되고
대중은 흩어지고

말만 떠돈다

그런 계절이 왔다

춥다

어디엔가 모닥불을 피우자

랜선으로 불가에 모여 이야기 나누자

그 이야기 전설이 되고

전설은 묻히고 몇 만 년 후에

누군가 캐낸 화석이 되고

누군가 우리의 연대를 추적하고

이야기를 만들 테지

그해 겨울이란 제목으로

가을의 이맛돌

한여름 열기가 주춤거린다
바람도 살랑
매미소리 쓰르륵 싸르륵 매앰 맴
여름의 뒷꼭지에
아침저녁으로 눈 흘기는 바람결 걸려있다
그조차 애교라고

가을의 이맛돌에 하늘을 두다

수초가 되다

나도 모르게 내가 심어졌다
뿌리가 이리저리 휘적휘적 걸어 다닌다

빨간 레인코트 자락 비집고
파릇한 싹이 손톱 끄트머리만 하게 돋아난다
겨드랑이가 간질간질하다
햇빛 속에서 목이 말랐다
눈물만큼의 빗물에 목을 늘인다

연두가 자란다
연두는 초록이 되고
나는 입을 벌려 눈물 받아먹는다
빨간 꽃이 피어난다 머리에서
꽃자리에서 매실만한 열매가 나온다

0시의 기다림

날고 싶은 나비가 날개 펼치고
진종일 앉아있는 아파트 정문에 내리 꽂히는 눈길
0시의 기다림
웅크리고 있다 101동 5층 베란다에

0시에도 심심치 않은 풍경
택시 간간이 들어오고 멈추고 다시 떠나고
집으로 들어오는 사람들
집으로 가는 사람들

모두가 깃을 접고 돌아올 시간이건만
이 시간에 길 떠나는 이 누구일까

어둠 속을 걷는 사람들, 뛰는 사람들, 자전거 탄 사람들
보이고
길고양이 한 마리
풍경 속에 어슬렁거린다

연분홍 셔츠는 보이지 않는다
차에서 내리는 색깔은
검은색, 흰색, 그리고 파란색

택시 택시 택시의 멈춤에
시선을 고정시킨다
연분홍 셔츠를 기다리는
정물이 된다.
웅크린 기다림 덩어리 일어선다

연분홍 셔츠는 오지 않았다

지장수

작은 일에 소리 버럭
찡그린 얼굴
화난 표정
눈치 없이 사고 치는 아들놈
더 눈치 없는 남편
분노의 흙탕물 넘친다
다들 뭐 하는 거야?

흙탕물 유리병에 담아
조용히 들여다본다
쳐다본다
맑아지는 물
보잘것없는 흙 알들

별일 아닌 걸
아무것도 아닌 걸

소리부터 버럭 지른 내 모습이
우습다
우스워서 헛웃음이 나온다

너의 여자 친구 닮은 꽃을 본다

배롱배롱 매달린 꽃망울
분홍으로 터지다
토독 토독 토도독

하나 두울 피어나
조롱조롱
메롱메롱
조잘조잘

간질간질 간지러워
몸을 배배 틀며 까르르 웃어대는
열댓 살 계집아이들,
여드름 자국 불긋불긋한 얼굴이 쑥스러운 머슴아들이
흘깃흘깃 훔쳐보다

백일 동안 조잘 댈 배롱 꽃들 만나는 출근길이
괜히 들떠
교복 입고 학교 간 아들에게 전화한다
너 닮은, 너의 여자 친구 닮은 꽃을 보았노라고

솔잎, 땅에서 만난 너

메마른 솔잎이여
너는 죽었는가 살았는가
푸른 서슬 죽었지만
뾰족한 성질머리 죽었지만
부드러운 너
포근해진 너
불꽃 되어 타오르는 너
재가 되고 거름 되고
다시 태어나는 너

내 발길에 부서져
흙과 뒹굴다
흙이 되고 거름 되어
마침내 흐뭇한 산이 되니
홀로 오르는 아침 산 외로움 지우는
사색의 한 겹이구나

3월은, 봄은

축 늘어진 옷자락 타고 뚝뚝 떨어지는 빗물 같은
실연당한 여인네의 눈물 같은 날들

그 여자
모진 겨울 메마른 가슴 낙엽으로 뒹굴다
바스라지고 바스라져 흙이 된 슬픔을 입다
슬픈 가락 잦아들고
보드라운 흙무더기 비집고 뾰옥 고개 내민 민들레
봄비에 목욕하고 새록새록 키를 키우는 새싹

3월, 다가온다
새싹이 되어
초등학교 입학하는 아들놈의 긴장한 얼굴로
봄비에 젖은 옷자락 축 늘어뜨린
실연당한 여인네의 눈물 사이로
살풋 스며 나는 새로운 사랑의 기대로
다가온다
3월은, 봄은 커다란 유리병 하나 품어안는다

비를 기다리며

선풍기를 아무리 세게 틀어도
숨이 콱 막힌다

쨍 내리쬐는 볕을 원망해 봐도
별 수 없지 않은가

어느새 다가든 검은 구름 한 조각
반갑다.
곧 비 오겠네

열대 원숭이들 그들 언어로 말한다
비구름이 몰려온다
비구름이 몰려온다
꾹꾹꾹꾹

후두두둑
쏴
콸콸콸콸
양철지붕 위로 빗방울 떨어지며
둔탁한 북을 친다

열기도 순식간에 식어버리고

양철지붕 연주에 맞추어 콧노래 부른다

비노래 부른다

사춘기

설익은 홍시의 떨떠름한 반란

건드리지 마

혼자 내버려 둬

바람 막아줄 이파리 하나 없는데

단맛 들 새 없이 얼어버린 볼

뾰족한 까치 입맞춤에

화들짝

봄눈 때문에

속절없다
한나절 들떠 벙싯거리던
숫총각의 설렘이

학교는 잠깐의 불편함으로 하루를 날렸다

증발된 하루가
하늘 어디쯤에서 오히려 복잡하다

속절없는 하루
봄눈 때문이다

봄, 기지개 켜고

봄,
기지개 켜고 눈을 부빈다

안개비 속살거리고
땅 속 깊은 곳 새싹들
웃음소리 간지럽다

손안에 든 아이의 꼬물락 거리는 손가락에
모락모락 김이 난다
내 손도 간질거린다

아이의 눈망울에 가득한 호기심
나도 궁금하다
간지러운 봄 이야기

별은 멀리 있는 것이 아니다

별을 염색할 수 있을까
별을 염색하면 얼마나 예쁠까

밀림의 밤
발치에서 빛으로 이야기하는
그림자 속의 별들
소근소근 속살대는 빛 속에
색이 숨어있는데
그렇게 별들이 염색되고 있는데
내 눈에는 그저 같은 색으로 보인다

반딧불이
온몸으로 색을 이야기한다
제가 별이에요
당신 그림자 속에서 색을 입는
작은 별이에요
이야기를 들어주세요

별은 멀리 있는 것이 아니다

풀씨에게 쓰는 편지

마당에서 뛰어놀던 어린 시절
가운데는 싸리비 자국 곱게 나있고
마당가 작은 풀들 우리 아이들 고사리손으로
쏙쏙 잡아 뽑았지
그냥 두고 볼걸 그랬어

마당 아닌 들판에 자리했더라면
그렇게 어린 풀이 뽑히지 않았을 것을
바람결에 날아와
제대로 자라지 못하고
잡초로 뽑혀나가는 안타까움
너그럽게 그냥 둘걸 그랬어

마당 가운데였더라면
그런 안타까움의 씨가 되지 않았을 걸
뿌리내리기 전에
소멸되지

눈으로 보이지 않기에
안타까움마저도
키울 수 없었던 풀씨들

뛰어놀던 발자국이 미안해지네

풀씨여

제발 들판으로만 날아라

가을엔

가을엔 그냥 사랑하세요.

부끄러움에 얼굴 붉어지는 단풍잎처럼

짝사랑이라도 해보세요.

누구에게 들켜 화들짝 놀라 붉어지는 단풍잎처럼

불타는 사랑도 해보세요.

사랑하다 지쳐 낙엽 되어 떨어져도

사랑은 아름다워라~

졸고 있는 풍경

밤하늘에

별들이 졸고

강가에

빌딩에서 내보내는 불빛들이 졸고

밤바람에

눅눅함 대신 서늘함을 내보내는 키 작은 나무들이 졸고

벤치에

더위에 지치고 무료함에 지친 노인들이 졸고

그 옆을 지나가는 내 발길도

서서히 졸리고

내 발길을 이끄는 내 두 눈도

졸려온다.

이름표 달고 서있는 나무가 되어

이름표 달고 그 밑에 콧수건 달고 조회시간에 서있던 초등학교 1학년 생 모습의 나무들 사람들 많은 산길마다 줄 맞춰 서있고 그 줄 사이를 조회시간 선생님들처럼 살살 걸어 다니는 사람들 틈에 섞여 한 발 한 발 옮기다 보면 내가 산을 오르는 사람인지 아니면 줄 속에 서 있는 콧수건 매단 초등학교 입학생인지 어떤 날은 저 나무들은 언제 까지 이름표를 달고 있어야 할까 궁금해지기도 하고 저 아이들의 이름을 기억해 줄 선생님들은 매일매일 바뀌는데 학생들은 항상 그 자리에서 선생님들 맞이하기 바쁘고 키가 자라고 덩치가 커져도 더 이상 코를 흘리지도 않지만 그렇게 어린 모습으로 보호를 받아야 하는지 나도 나이가 이만큼 먹어서도 보호가 필요한 것인지 나를 보호해 줄 선생님은 어디서 나를 지켜보고 있는지 선생님이 몇이나 바뀌었는지 내가 지금도 코를 흘리고 있는지 그래서 콧수건이 필요한지 내 이름을 기억해 주는 선생님은 몇 분이나 계신지 지금 내 옆에서 서성이는 선생님을 나는 잘 모르는데 그 선생님은 얼마나 나를 지켜주다 사라질지 나도 이름표 달고 콧수건 달고 이파리를 몇 번씩 떨구고 가지가 부러지고 둥치마다 발길에 차여 상처를 입어도 그냥 초등학교 입학생으로 얼마 큼의 세월 동안 살아야 할까?

쑥스러운 첫사랑의 모습으로

쑥 나왔다

발밑에 묻어온 흙 그대로 둔다

쑥국 한 보시기에
신발장에 머금은 봄
하루 내 따라다닌다

쑥스러운 첫사랑의 모습으로

안부 한 마디

잘 지내느냐고
별일 없느냐고
좋은 날 되시라고
행복하시라고

입에 발린 같은 말인데도
이렇게 짧은 글 한 줄이
하루를 즐겁게 한다면

의례적인
건강하시냐고
별일 없으시냐고
건강하시라고

밥상 위 고등어 한 토막처럼
늘 같은 메뉴의
비린내 나는 식상함일지언정

그런 비린내를 기다리는
누군가가 있다면
반드시

의무적으로라도

짧은 한 마디에 인색하지 말아야지

점 하나만으로도

수화기를 통해 흘러나오는 지직거리는 유행가 한 자락에도

연애하던 그때의 풋풋함으로

그리움을 담아

진심을 담아

메마른 인사 한 마디 건넬 일이다

인사에 대한 대답은

괜찮다, 고마워, 잘 지내

이 정도면 족할지어다

그것도 길다면

너도……

이런 대답은 어떨까?

여전히 기다리는

가을편지

진초록 치마 걸친 앞산
촉촉이 젖은 옷자락에 묻은 여름
뚝뚝 물기로 떨구어내면
남강 줄기도 진초록 소리로
여름과 작별 인사 나누고
어느새
바람결에 실려 온 가을을
한 아름 담아냅니다.

생각만으로도 후끈 열기가 느껴지는 지난여름

그래도 내겐 기쁨이었다고
저 산은
저 강은
여름에게 서운치 않게
작별인사 나눕니다.

덕분에
여물어졌다고
나무들이 맞장구칩니다.

이불을 빨아 널고

게으름 피고 묵혀두었던 이불을 빨아 널었다.

예전 어머니의 방식보다 훨씬 쉽게 세탁기에 뜨거운 물 받아 세탁기의 힘으로 빨고 헹구고 짜는 것도 왜 그리 힘이 드는지, 내 게으름의 극치도 뜨거운 물에 빨아질 수 없을까? 햇볕 좋은 날 높푸른 하늘 보면서 온몸 널어 말리는 이불은 모처럼 기분이 좋았을 터, 옷장 속에서 숨 막히게 몸을 꼬부리고 접혀있던 이불은 별 소용도 없이 공간을 차지하다가 손님이 와야만 방바닥에 몸을 펼치는데, 그냥 그렇게 무거운 몸은 손님을 기다리고만 있다가 1년에 몇 번, 누가 오더라도 편리해진 교통 덕분에 그날 왔다가 그날 가버리니 별 소용없이 방바닥에 눕지 못하던 이불, 1년 내내 우리 집에서 며칠이라도 묵고 갈 손님을 기다리느라 지쳐버리고 그냥 숨어있다 보니 매일 쓰는 몇 장의 얇은 담요와 헝겊 매트만 닳아 해질 정도로 빨아지고 햇볕보고 일광욕 하는데 퍽이나 부러웠을 걸, 닳아지고 싶고 깨끗하게 걸레질한 방바닥에 온몸을 누이고 싶고 품 안에 누군가를 품어주고 싶었던 아직도 새것인 그대로의 이불들이 그나마 오늘 햇볕에 온몸을 널어 말리고 이번 주말에 오실 시아버님을 기다리고 있다. 나도 빨랫줄에 온몸을 널어 말려 뽀송뽀송한 기분으로 누군가를 기다리고 포근하게 안아줄 준비를 해야지. 이 세상에 존재하는 사람들, 아픈 사연들, 기구한 인생역정들, 그리고 미움까지도 뽀송뽀송하게 햇볕에 소독한 마음으로 감싸준다면 일 년 내내, 아니 40년 동안 웅크리고 누군가를 기다려온 나도 오늘의 이불처럼 포근할 수 있겠지.

바람과 나무

봄 햇살에 들뜬 바람
겨드랑이 간지르자
어린 잎새 까르르
등을 살짝 보일 듯 말 듯

한여름
장맛비 내리고 힘이 세진 바람
머리채 잡고 마구 흔들어
뿌리째 뽑혀 물구나무서는 나무

가을날
자기만 외로울까 걱정하다가
바람은 심술부리고
이파리들 뚝 뚝 떨어지지

겨울엔
벌거벗은 나무보고
슬프다고 윙윙 울음우는 바람

계절 타는 나는 바람일까
아니면 나무일까

그들이 갑자기 바빠지고 있었다

냉장고에도 들어가 보지 못한
못난이 감자 세 알
주인님의 입맛을 자극하지도 못한 채
곰팡이의 집이 되어
주인님의 눈총을 받던 어느 날
그에게도
지루한 일상에서 탈출한 사건이 생겼다

주인님의 기발한 발상으로
한 알이 세 조각 혹은 네 조각 다섯 조각으로
사정없이 헤어져서
아파트 옆 공터에 던져졌다

마구 던져져
끝인 줄 알았던 그들이
썩은 나뭇잎을 만나고
썩은 짚을 만나고
썩은 똥을 만나
새로 태어날 준비를 한다

그들이 갑자기 바빠지고 있었다

몇 알이나 새 삶을 찾을 수 있을까?
흙 속에서 썩어 다시 태어날 감자알들로
내 머릿속도 더불어 바빠지고 있었다

사랑하는 일이리라

노래 부르고
이야기하고
그림 그리고
그런 일들도 사랑하는 일이리라

소리를 듣고
그림을 보고
손짓을 하고
화답을 하고
그런 일들도 사랑하는 일이리라

아이의 끝없는 호기심에
그래, 그래 대꾸해 주고
함께 생각해 주고
같이 놀이해 주고
그런 일들은 당연히 해야 할 일이리라

사랑하는 일
당연히 해야 할 일
그런 일들을 우리는 얼마만큼 하고 있을까

밤새 빗물 쏟아낸 축축한 아침 공기를

허파 가득 채워가며

어떤 사랑하고 있을까

꼭 해야 하는 일

사랑하는 일일 텐데

어떤 사랑해야 할까

시간차

텅 빈자리
손을 대본다
싸늘한 기운에
몸이 떨린다

생전
아무도 온 적이 없었을까

엉덩이를 붙여본다
조금이라도
따스한 기운을 나누고 싶어서

따스해진다
내가 떠난 후
온기가 남아있을 동안
누구든 앉았을 때
따스함을 느낄 수 있도록

내 온기가 식도록 아무도 안 올 수도 있겠지

그렇다

누군가
나를 기다리고 있었는데
내가 늦게 왔을 것이다.

서슴없이 시간차 공격을 해오는
텅 빈자리의 서늘함이여

내린다 비, 가을

내린다 비
가닥가닥 내려온다
흐느적거리는 흐린 하늘로부터

내린다 가을
주춤주춤 내려온다
비에 묻어 내린다

급할 것 없지
서두르지 않아도
비질비질 흘러내린 가을은
온 땅에 내릴 것이다
온 물에 내릴 것이다
바람으로 흔들릴 것이다

내린다 비, 가을
아파트 앞 은행나무에
산자락 단풍나무에
산에 강에 바다에

아침

너의 하품은
나른하지 않고

너의 목소리는
맑다, 잠이 묻어있어도

너의 눈빛은
투명하다, 눈꼽 두어 군데 달고 있어도

풀잎 물들어가는 가을
짧은 푸름이 남아 흔들린다

이슬방울 또로록
춤춘다
반짝
너는 어디로?

아침
너의 모습이다

가을햇살

허공을 가르며
숲 구석구석으로 침입해 온다
화살촉 벼려서 다가든다
대군단이다

나뭇잎 피투성이로 웃는다
빨갛게 웃는다
낙하하는 이파리들
두려움이 없다

햇살에 겨드랑이 찔린 나무들
간지러워 웃다가 자지러진다
온몸으로 웃는다
바람이 인다
햇빛 군단 물러난다

이겼다
가을만세 만만세다

바람이 잦아든 산 발치에
패잔병 햇볕이 따갑다

배롱나무

자줏빛 웃음 잔잔하더니
금세 까르르 자지러지는
간지럼쟁이

폭발 직전의
태풍 전야의
아슬아슬함도
네 웃음 앞에서는 무력하다

백일 동안 변함없는 웃음으로
눈을 즐겁게 하고
나의 장난질에 그냥 웃어버리는
나의 아이야

고운 살결 쓰다듬다
간지럽다 몸부림치는 아이야
키 크라고 쭉쭉이도 해주고 싶고
다리 아플까 주물러주고 싶은데
내 사랑을 못 이겨 온몸으로
간지러 간지러 그만해 소리치는
너, 네 이름은 배롱나무

장미의 퍼포먼스

안녕, 다음에
그런 인사말도 사치다

메말라 서걱거리는 몸

내 속엔 향기가 남아
품에 파고드는
진딧물 반긴다

이제 가련다
소리 없이

화려한 날은 없다
마지막 향 꼭 끌어안고
옷자락을 살짝 들춰보지만
이제 그만

나의 퍼포먼스,
마지막 스트립쇼는 막을 내린다

연서

겨울비

빗방울이 쓰는 연서

수취인은 내 이름 석 자

누군가의 연인이 되어

눈물 같은 편지 받을 수 있다면

언제까지든

향기 나는 여인일 수 있으리

속살거리는

누군가의 달뜬 목소리에

가슴 뛸 수 있으리

그런 감동으로

사랑 몇 줄기 주룩주룩 흘려보내리

설렘 한 켠 뚝 떼어

눈물에 말아

한 달음에 달려가리

봉투에 넣지 않고

우표 한 장 붙이지 않고

맨몸으로

달려가리

녹슨 칼날 벼리며

무뎌진 부엌칼
무 썰다 손 베이고
살짝 배어나는 핏물
수돗물에 닦아내고
다시 칼질한다

잠깐 쓰라리다
금세 잊히는 손가락 상처 몰라라 하고
버섯 썰고 양파 썰고 두부 썰어 끓여낸 된장찌개

부엌칼 무뎌져도
요리는 계속되고
또 한 끼 나른한 밥상이 차려진다

시의 날이 무뎌진다
녹슨 칼날에
가슴이 베이고
온몸 피칠갑 할지라도
무심한 된장찌개로
나른한 밥상 차려
허기라도 달래야지

식은 밥 한술로 배부를 수 없어

녹슨 칼날

얼굴이 비칠 정도로

벼리면

근사한 요리 한 상 차려질지 몰라

송장메뚜기

이른 아침부터 이어지는 애도 물결
덩치 작은 몇 마리 개미들이
정성껏 시신을 옮긴다

삼베 수의도 없고
화려한 꽃상여도 없지만
참으로 장엄한 행렬이다

살만큼 살았다
태어나는 순간부터
그리 맘먹고 살아왔다

고운 녹색 옷 한 번 입어보지 못하고
빛바랜 가을 잎만 걸치고
벗어버릴 수 없는 운명에도
굴하지 않고
팔딱팔딱 풀잎 위를 잘도 뛰어다녔다

애초부터 그는 송장이었다
작은 덩치에도 아기였을 때도
이름은 송장메뚜기였다

미처 삶을 정리하지 못한

어떤 생명이

작은 몸으로 다시 태어나

삶에 대한 미련을 소진하고

살아온 너이기에

살만큼 살았다고

이제 미련 없다고

개미들에게 장례를 부탁하고

개미들에게 시신을 기증하고

조용히 사라진다

개미들의 일용할 양식이 된

개미집에 저축한 몸뚱아리는

슬프지 않다

송장메뚜기라는 이름도

남아있던 미련도 개미에게 다 주고

훌훌 떠날 것이다

그의 장례식은 장엄했다

지용, 부활하다

어린 시절 겅중대며 건너던 도랑물도
냇가에 미루나무도
미루나무 밑에 풀어놓고 풀 뜯기던
헤설피 금빛 게으른 울음 우는 얼룩백이 황소도

지금은 볼 수 없다
사 라 졌 다
지용 그 이름 역사에서 지워지고
시조차 잊혀졌다

다시 살아나다
내 나이 설워지는 설흔 즈음에
부활한 당신
내 고향마을로
당신의 고향마을로 돌아오다

지용을 모르고
시 쓴다고 했었던
그것도 옥천 사람이라 했었던
무지함조차도
순진함조차도

이제 자랑거리로 살아나

보잘것없는 서툰 글 한 줄 흘린다

실개천 기억하는 한 사람으로

그곳은 차마 꿈엔들 잊힐리야

시 속에 들어가서

꿈속에 들어가서

시편의 배경이 되어

지용이 부활하듯

어린 날들 부활한다

시인론

그대의 웃음이
그대의 목소리가
그대의 숨소리가
눈물이 묻어있어도
소금기보다 진한
사랑이 있다면
그대의 이름은 시인이어라

명함 속의 직업이 아니라도
그럴듯한 절차로 등단하지 않았어도
아이의 천진함과
어머니의 희생과
아버지의 책임감과
노인의 현명함이 녹아있는
그대의 삶은 그대로 시인이어라

시 한 줄 써 보이는 대신
온몸으로
평생 삶으로 시를 보여주는 그대여

나는 그대를 시인으로 존경하노라

살풀이

초록을 다 주고
눈부신 붉은 옷을 받아 입더니
금방 낡아지는 새 옷이 못마땅한 나무는
머리부터 쥐어뜯었나 보다

한 움큼씩
뽑아내다가
어느새 한 올 한 올 풀어낸 잎
수북이 쌓인다

추워~
바람소리에 바쁜 목소리 묻히고
사박사박
사람들은 잰걸음을 옮긴다

텅 빈 하늘 향해 내젓는 나무의
무심한 손짓에
온몸을 흔들고
영혼도 풀어내는
살풀이로 한 해가 간다

벼의 연대기

그땐 그랬었지
할아버지 말씀
주인님의 발자국 소리 듣고 자랐지
주인님의 숨결을 마시고 자랐지
주인님의 모습이 먼발치에서 보이면
힘이 절로 났지

그땐 그랬었지
아버지의 말씀
주인님은
딸딸이 소리로 우릴 찾았지
느릿느릿 이어지는 딸딸이 소리가
첨엔 시끄러웠는데
주인님의 소리라 생각하니
그 소리만 들으면
힘이 절로 났지

그땐 그랬었지
주인님의 다정한 목소리가
주인님의 부드러운 손길이
우리에겐 비료였지

할아버지도 할머니도 아버지도 어머니도
그러그러한 정성으로
이마에 늘어난 주름과
땀방울이 만든 비료로
튼실한 알곡을 만들었지

오늘 나는 들판에서
친구들과 앞으로 나란히 자세로 서서
밀려드는 비료와 농약에 혼미해진 상태로
사육되고 있거든

더 이상 주인님은
목소리를 들려주지 않고
기계소리, 차 소리로 달려와서
한눈에 쓱 살펴보고
사라져 버리지

배부른 우리는
더 이상 불평도 없고
나날이 키 크고
무거워진 고개 떨구고

진한 초록으로
힘겹게 서있지

씩씩해야 해
건강해야 해
바쁜 우리 주인님들
우릴 잊지 않고
기계소리로 찾아와
폭포 같은 사랑을 주잖아

목마른 사랑
애틋한 사랑
아련한 사랑법은

할아버지, 아버지 몫이야

우린
넘치는 사랑으로
튼실한 열매를 달고
기쁘게 웃어줄 거야

지리산 뒤태를 보다

늘 다니던 중산리 대원암 쪽 말고

함양 마천에 이르다

마천의 이맛돌쯤일까

꼬불꼬불 산길 숨차게 오르니

금대암

인적 드문 그곳에 전망대 있기에

먼데 산 바라보다

내가 보던 천왕봉

그와는 사뭇 다른

봉우리 봉우리들 각기 이름 달고

어깨동무한 뒤태가 태백의 장수로다

내가 보던 그 모습이 태백의 앞모습일까

금대암을 향한 산이 앞모습일까

뒷모습은 모두 초라하리라는

말도 안 되는 선입견이 깨지고

앞인지 뒤인지 생각하다가

내 눈에 설은 모습이 뒤태려니

태백의 장수는 뒤태마저 장엄한 아름다움이어라

민달팽이

늘 이고 다니던 집
거추장스러워 벗어던진 수도승
자유를 찾아 나선다

언제든 움츠려 숨을 수 있는 집
애써 잊으며
맨몸으로 구도의 길 나선다

풀숲을, 흙길을
천천히 온몸으로 호흡하며
세상을 품어 안아 보는데
어느새
딱딱한 아스팔트의 꺼먼 살결에
움찔 놀라 부르르 몸을 떤다

버린 집이 생각난다
그랬던 적이 없었는데
이 순간만큼은
집 속에 숨고 싶다

아직 갈 길이 멀다

어디로 가야 할지 그것도 모르겠다
그래도 해뜨기 전에 이곳을 벗어나야지

막연한 구도의 길에서
구원이 구원인줄 모를 때는
두려움이던가
몸이 솟구쳐 오르고 내동댕이쳐진 곳
물이 있고 그늘이 있고 흙이 있고 풀이 있는 곳
삶을 찾았다

온몸으로 생기를 들이마시며
무엇을 위한 구도의 길이었는지
무엇을 위한 자유였는지
그런 것은 잊어버리고
집을 버릴 때처럼 다 잊어버리고
살아있음에 안도의 숨 내쉰다

7년의 비망록

7년이었다.
이렇게 노래 부르려고 기다려온 세월이

애벌레였었다.
그 시간 동안 어둠 속에서
남몰래 자라고 있었다.

오늘
드디어 허물을 벗었다.

누군가 보고 있다.
꼬마들
초롱초롱한 눈망울로
약간의 근심과 신기함을 담은 눈망울로
나를 지켜보고 있다.

그들에겐 호기심이지만
나에게는 중요한 의식이다.
아래로부터 옷을 벗기 시작한다.
원피스 속 내 몸은 이미 매미가 되어있다.

서서히 옷을 벗는다.

다리를 펴고 날개를 펼치고

날아오른다. 푸름이 한창인 미루나무를 향해

벗은 옷 그대로 나무 등걸에 걸어두고

환희의 순간

나는 드디어 노래 부른다

7년의 비망록을 이 한철에 노래한다

하루가 시작되는 그 순간부터

하루가 잦아드는 저녁 무렵까지

여름이 익어가는

7월이 가고 8월이 가도록……

최후의 만찬

개미들의 교주 된다

과립형 개미밥
소문 듣고 몰려드는 개미들
신이 나 달려든다
모두 입 안 가득 먹이 물고
어디론가 가고 있다

보내버리려는 가증스런 수법도 모르고
입에 달라붙는 그 맛 때문에
걸지게 벌어진 잔치판 아우성이다

제법 많이 모였다 개미들
제법 많이 줄었다 개미밥

어디에선가
종말론 믿는 이들이 되어
마지막 성찬 즐기고
행복한 죽음 맞이할 것이다

말끔해진 주방의 인정머리 없음에

일말의 죄책감도 느끼지 못하고
옆집 윗집에 소문낸다

최고라고

개미들의 예수님
최후의 만찬 즐기고
부활하리
다른 집 주방에서

그러나 우리 집 주방은 깨끗해졌다

개미 장보러 가다

보도블럭 가로질러
까만 줄이 이어진다

꼬물꼬물 바쁜 발걸음
때론 자기 덩치보다 더 큰 먹이를
몇이서 끌고 간다

장에서 사 오는 건지
장으로 팔러 가는 건지
나는 알 수 없지만
개미 장 보러 간다

개미 장 보러 가는 날은
비가 온다는데
개미는 비설거지를 장보면서 하나보다
먹을 거 먼저 챙기고
집도 손 보고……

나 어릴 적부터 듣던 이야기인데
그 말이 맞나 보다

아침에

개미 장 보러 가던데

오늘 비가 올 모양이다

그렇게 온몸으로

엄살도 괴롭다

마른 삭정이로 버석이는
화력 좋은 가벼움으로
분노가 부서진다

켜켜이 쌓아온 시간이 내게 주는 것은
통증?
타이레놀 몇 알로 해결될 수 없는 근육통

엄살이다
엄살도 괴롭다

언제쯤이면 내 삶의 무게에 힘겨워하지 않을까

문명 고양이

이제 더 이상 쓰레기 더미를 뒤지지 않는다
그렇게 비위생적인 길고양이 시대는 지났다
예쁜 플라스틱 그릇에 바삭바삭한 과자들,
앙증맞은 깡통에 담긴 고기들, 먹음직스럽다

지금은 문명 고양이 시대
보이지 않는 신들이 지켜준다

그런데 어찌 이런 일이!
빈 그릇만 덩그러니 놓여있다
도대체 누구야?
크르릉, 야옹, 소리쳐본다

드디어 잡았다
너 이 녀석!
내 밥을 가로챈 녀석은
못생긴 얌체 개
내 밥을 너무도 당연하게 먹고 있다
등에 털을 세우고 위협해도
그릇을 비우고 유유히 가버린다
버젓이 주인도 있는 녀석이

당연히 내 밥인 줄 알았는데
당연한 것이 아닌가 보다
누구라도 먹을 수 있는 것이야
한 번 봐주지 뭐

나는 문명 고양이잖아

야행성 동물의 일기

올빼미가 되었나
부엉이가 되었나
밤에만 사냥하는 사자가 되었을까

밥도 밤에 만들고
옷도 밤에 만들고
詩도 밤에 만들고
힘도 밤에 만들고

산책도 밤에 하고
운동도 밤에 하고
사랑도 밤에 하고

모든 생산적인 일들이 밤에도 이루어진다.
양계장의 닭들처럼
밤에도 불 밝혀 낮으로 착각하여 더 많은 알을 낳도록
도시는 양계장이 되었다.

산업역군들만 밤을 낮 삼아 일하던 시절이 있었는데
밤을 낮 삼아 술 마시고 노래하던 시절도 있었는데

밤을 낮 삼아
학생들은 공부하고
詩人은 詩를 쓰고
낮에도 일하고 밤에도 일하고

낮에 일하고 밤에는 잠을 자던
새 나라의 어린이를 칭찬하던 날들이 그립다.

우리는 모두 양계장의 닭이 되어
밤에도 알을 만든다.

올빼미도 아니고
부엉이도 아니고
사자도 아닌
양계장의 암탉들이다.

그 냥

차바퀴 아래에서 부른다
냥

나오라고 손짓해도 여유만만
오히려 배 깔고 잠이라도 잘 기세다

이제 가야 하는데
시동을 걸어본다

어맛! 깜짝이야. 죽을 뻔했네
잽싸게 튀어버린다

집에 와서도 궁금하다
그 냥!
그냥 생각난다
그 녀석의 대책 없음이

그 냥이 녀석
꽤 매력 있네
내 마음을 살짝기 훔쳐버렸잖아

오른 손이 저지른 일

왼쪽 엄지, 문에 끼다

왼쪽 엄지 금방

검푸른 얼룩으로 물든다

죽은 피로 칠한 매니큐어

비 오기 전 하늘색이다

오른 손이 저지른 일이다

왼 손이 따라오기 전에 오른 손이 닫은 방 문

왼 손이 들어오기 전에 오른 손이 닫은 방 문

오른 손이 일 칠 때

제일 먼저 방송하는 목소리, 악

그다음 달려오는 강아지

강아지 따라오지 말라고 오른 손이 한 짓에

남편보다, 아들보다 먼저 달려와 걱정하는 강아지 사랑이

왼 손에 미안한 오른 손, 왼 손 감싼다

해산

사월이 몸을 풀었다

가좌산 곳곳에 핏덩이 떨구다

옷자락 여밀 기력도 없이

맨 몸뚱이 그대로 벌러덩 누워

게슴츠레 하늘 바라본다

사월이 몸을 풀자

꽃잎 밀어내는 이파리들

젖가슴 찾아 더듬다

사월이 젖 빨다 사월이가 낳은 핏자국 빨아낸다

나무는 나무 나는 나

나무가 나무란다
뿌리치며 말한다
내 자리에서 살고 싶다고
뿌린 씨앗 잘 살게 해달라고

나는 나라고 한다
온몸으로 소리친다
잘 살고 싶다고
얼굴 빨개질 정도로 힘껏

나무는 나무
나는 나

나무는 땅에 뿌리박고
자기 자리에서
나는 어디에?

손바닥 뒤집기

손금을 타고 시간이 흐르고
운명의 강이 떡 버티고 서서 돌아가라 한다
뒤 돌아보니 더 험한 바위산이건만
강을 건널까 바위산을 오를까

손바닥 뒤집어라
손가락 마디마디에 스며있는 너의 역사
고운 역사는 아니다
찬란하다
거칠어진 손마디는 너의 힘이다

건너가 보자
까짓 운명쯤이야
설움으로 다가올 때도
눈물로 넘쳐흘러도
외로움으로 몸을 떨어도
항상 빛 한 줄기 쏘아주었지
어둠이 진할수록 빛은 강렬했어
그래 빛이었어

이젠 알겠지?

힘차게 걸어가 보는 거야

빛을 향해서

남들처럼

버렸다
버림받았다
한 번도 내 것이 아니었는지도 모르겠다
나 혼자만 너를 앓고
친구라고 꿈이라고 여겼을 뿐
너는 그냥 너일 뿐
나 또한 그냥 나일 텐데
너 없이도 숨 쉬고
너 없이도 웃을 수 있고
너 없이도 울 수 있을 텐데

이제 너 없이 살 수 있어
그냥 사는 거야
깊은 꿈을 꾸려고 애쓰지 않아도

그래서 버린다
바위에 부딪쳐 내 몸 부서지는 줄 모르고
그 흔한 연고 한 번 바르지 않고
생으로 앓던 시간은 흘려버리기로 한다

시를 버리고도

살 수 있을 거야

아주 잘, 남들처럼

안전운전

돌아, 돌아 안전하게 그대에게 가보렵니다.
그대에게 가는 길이 눈에 보여도
내비게이션이 그러라면 돌아서라도 갈 수 있겠지요.
그렇게, 그렇게 살살 다가갑니다.

적당히 시간을 들이고
적당히 거리를 두고
적당히 공을 들이고
적당히 애태우고

지금은 애타고 몸 달아도
지나고 나면
그날 나의 운전은 안전했고
그래서 아름다웠지요.

주·정차금지구역을 잘 지났어
지난번에 벌금 96,000원 낼 때 얼마나 속이 쓰리던지
지금 머무는 곳이 최선이야
그렇게 생각하면서

얼굴은 낯설어도

밤새
푸르러진 이파리 새롭지만
얇은 옷 속 몸뚱이는 그대로구나

작은 잎 달고 있어
잎이 자라서
네 얼굴 낯설지만
맨몸에 상처
남아있다

아물었다 해도
옹이 진 그루터기에
이야기는 날것으로 살아있다

몸으로 말하는 나무
네 몸짓은 익숙하다
얼굴은 낯설어도

5월, 여름을 뱉어낸다

야금야금 봄맛보던 겨울 뒤로
한 입에 꿀꺽 봄을 삼킨 5월, 여름을 뱉어낸다

엄지손톱만큼 잎 피운 은행잎
이파리 이파리 사이로
다가오던 봄 먹어버린 여름 산

서슬 퍼렇다

손톱만 한 꿈 자투리 들어설만한,
바람 한 자락 통할만한,
여린 새벽빛조차 스며들 틈새도 없이
무거운 가방에 눌려 시들어간다

옷장에서 나오지 못하고
구겨진 그대로 구석에 박힌 봄옷 대신
반팔 티셔츠의 5월, 여름을 뱉어낸다

비단옷 입고 밤길 걷기

엄마의 팔자는 코스모스 꽃길이었다.
달빛이 함께 하지 않는
비단옷이 보이지 않는
흐드러진 꽃이 보이지 않는 길
그러나 꽃길이었다
남자라면 일산대와 함께 할 멋진 삶이었다

엄마의 시간은 칠흑 같은 밤

비단옷은 아무도 봐주지 않았다

음식솜씨, 바느질 솜씨, 살림 솜씨
다 갖추고도
끝내 드러내지 못한 80해 살이

그믐 지나 초사흘 지나 상현달이 얼굴을 내밀어줄 때
이미 비단옷 해져버렸다

밤길만 걷다가 햇살 속으로 걸어가셨다

무거운 건 머리, 다리는 가볍다

지구를 들어 올린다
무거운 건 머리, 다리는 가볍다
묘한 일이다

지구를 들어 올린다
머리카락 땅 속에 뿌리내리고
팔다리에 매달린 잎 팔랑거린다
내 몸에 꽃이 핀다
하얀 꽃이 핀다

밑둥에서 바라본 꽃들 봄을 말한다

거꾸로 흐르는 피
머리카락 뿌리로 몰린다
다리가 흘려보낸 피
땅에 스민다
다리가 보내준 생각
땅에 심는다

몸이 피워낸 하얀 꽃 봄을 말한다
무거운 건 머리, 다리는 가볍다

너를 떨쳐버린다

너 망해라!

춤춘다

해죽 웃는다 비틀린 입꼬리에 흐르는 눈물

아무것도 보이지 않는다

아무 소리도 들리지 않는다

옆에 있는 친구

덩달아 미친다 그나마 세 달 연애라도 해본 친구가 부럽다

노래나 부르자 춤추자 조명발 좋고

잘 먹고 잘 살아라

저주도 아깝다

그냥 사라져라

21세기에서 영. 원. 히.

너를 떨쳐버린다

가을, 네가 술래다

가을을 찾았다
이곳 파나마에서
하얀 머리카락 미처 감추지 못하고
억새꽃으로 피어있었다

가을은 없다고 믿는 이곳에
봄은 없다고 믿는 이곳에
유독 가을이 엉성하게 숨어있었다
나는 이제 술래가 아니다
가을, 네가 술래다

어느 여름, 바다 속에서

이야기들 켜켜이 돌돌 말았다가
다시 하얗게 풀어헤쳐
다 보여줄 듯하더니
거품 물고 흥분하는 걸 보니
뭐 서운한 게냐

너도 사랑을 믿었다가 배신당했더냐

애초에 사랑 따위 믿지 않는다더니
차라리 물고기만 품고 살려했다더니
사랑이 속살대는 섬 귀퉁이 여관에
한때 유혹당했다더니

물고기들 자락마다 숨었다가
물라는 미끼는 안 물고
이야기만 물고
뻐끔 뻐끔 소리 없는 소설을 쓰고 있다
어느 여름, 바다 속에서

소리를 빗어본다

뒤죽박죽 엉클어진 소리들 속에서
내가 찾는 한 소리

빗어 봐도
다시 헝클어지는
혼돈의 시간들
노란 고무줄 찾아 꽁꽁 묶어본다
꽁지머리 한 웅큼 속에
너를 감추려 한다
자꾸 비집고 나오는 잔머리털

그래도 빗질은 계속되어야 한다
다시 헝클어지더라도
한나절도 못 가 곱게 땋은 머리 짚수세미 되더라도
내가 찾는 소리의 가닥을 찾을 수 없더라도
수시로 빗어주는
딸내미의 엄마, 혹은 유치원 선생님이 되어야 한다
곱게 빗질하다 보면
가닥가닥 단정하게 늘어진 소리들 속에서
너를 찾기 힘들다
빗고 또 빗다보면

소리들

아름다운 화음을 만들겠지

투덜대는 소리들

악다구니해 대는 소리들

머리채 잡고 뒹굴다

한 움큼씩 뽑히는

그런 일은 생기지 말았으면 좋겠다

조심조심 빗어주다 보면

내 소리의 딸내미는

어느새 매무새 단정한 여인이 되어

감사의 소리, 고운 소리의 음악을 만들겠지

지금 내가 찾으려 하는

한 가닥 소리는

바로 그 소리가 아니던가

동상이몽

친구가 비엔나에 간단다
비엔나
예술의 도시

그런데
내 옆자리의 민호는
비엔나 소시지를 생각한다
줄줄이 엮인 생각이
맥주 안주로 이어진다

내 앞자리 성주는
비엔나 축제를 말한다
음악과 축제를 떠올리며
꿈꾸듯 이야기한다

나는
비엔나커피를 마신다
하얀 크림 소복하게 얹은
80년대 추억을 마신다

동상이몽이다.

열대의 소리는 금속성이다

열대의 소리는 금속성이다
정신 번쩍 들게 하는 화재경보기 울리는 매미들
뽕 뽕 뽕 뽕 전자오락 하는 개구리들
원숭이는 기계수리 중이다

이 소리는 실제상황이다

감보아 시골에서
매일 듣는 소리들
이제 더 이상 놀라지 않는다

지금 들리는 소리는
새로운 컴퓨터 게임인가?

그러나 이 소리는 자연의 소리
삶, 그 자체 아우성이다.

연습 없는 이별

8월이 간다
올림픽도 끝나가고
누군가의 사랑도 끝나가고
누군가의 삶도 끝나고 있겠지
지금 이 순간

제시가 떠났다
알리도 떠나고
남이도 떠나고

나와 아주 가깝던 이들
내 삶의 언저리를 맴돌던 이들
맴돌다 구석에 쭈그리고 앉아있던 이들
그들이 떠난다

제시가 떠나던 날
코끝이 찡했다
알리가 떠나던 날
담담했다
남이가 떠날 때는
가슴이 아릴까

헤어짐은 연습이 없다

가까운 이든
구석자리에 잠시 앉아있던 이들이거나
그들이 떠날 때
나는 그들을 벌써 그리워했다

남이도 그렇겠지
8월이 가면
남이도 떠나겠지
그렇겠지
나는 나와 그다지 친하지 않던
남이와의 이별을 앞두고
벌써 그가 그립다.

4
부

시간은 그대로

술 취한 바다

술에 취해 몽롱한 바다
나른한 햇빛 노리끼리 시야가 가려지고
빨간 회초장에 빠진 광어 한 첨 씹는 입도
취해 꼬부라진다

가사는 알 수 없으나
뽕짝 뽕짝 리듬을 타고
춤인지 알 수 없는 비척댄스
흐느적흐느적 몸을 내맡긴다

관광버스가 쏟아내는 사람들
살아 꿈틀대는 생선 회쳐먹고
탐욕을 쏟아낸다

정상적인 풍경은 없다

분명 맑은 날씨인데도
앞을 분간할 수 없다
탐욕을 받아 마신 햇빛도 공기도 바다도
술에 취해 인사불성이다

둘레 둘레 두리번 두리번

둘레 둘레 두리번 두리번
가운데로 소용돌이치는 물결
벗어나려고
거기는 함정이야
빠져버릴 거야
어디로 가는지 모를 길
어지러워라

모두가 이 길이야
생각할 겨를 없이 휩쓸려 가는데
아무리 생각해도
아니야 아니야 도리질 치며
둘레로만 둘레로만
커다란 원 만들며 멀어지려 하는
잠자리 한 마리

널다란 동그라미 세상에서는
머언 먼 중동 히잡 쓴 여인네들
대통령 걸어 넘은 삼팔선 이북 아이들
그 속에도 꽃은 피더라

꽃 찾아 나비 찾아 폴짝폴짝 뛰노는
세살박이 어린아이
맑은 웃음 있더라

소용돌이치는 물살 무섭지 않더라
둘레 둘레 두리번 두리번 훨훨
헤매지 않아도
어지럼증 사라지고
가운데 날고 있더라
세상의 한가운데서 내려 보고 있더라

여우비는 축복의 땅에 내린다

산자락 뚫는
육십령 터널 지나
산청에 가까워지면
안 오던 비가 쏟아진다.

터널 저쪽은 햇빛 뜨거운데
터널 이쪽도 조금만 지나면 뽀송뽀송한데
왜 유독 이곳은
후두둑
굵은 빗방울이 떨어지는지
햇빛의 흔적이
아직도 차 지붕에 남아있는데

전라도 지나 경상도에 이르는 길
산세 험한 이곳은
축복의 땅일까 저주의 땅인가?

여우비라 했던가?

호랑이 시집가서 신혼여행 떠나온 곳
그런 곳이라면

여우비는 축복일지어다.

육십령 터널 지나
산청으로 접어드는 곳……

여우비는 축복의 땅에 내린다.

달콤한 비밀

혼자만의 비밀은 두렵지만
그와 혹은 그녀와의 비밀은 달콤하다.

보리밭에서
물방앗간에서
혹은 대문 앞 전봇대 아래서
아니면 집 옆에 서있는 오래된 감나무 아래서 만든 비밀이라면
공범자가 있다는 사실이 짜릿하다.

설사 보리밭이 알고 있을지라도
물방앗간이 알고 있더라도
전봇대가 보고 있었더라도
감나무가 모른 체 딴청 부리고 있었더라고 해도

배경은 그냥 배경일뿐
그 배경 속에서는 부끄러움도 없다.

달이 보고 있었는데
가로등이 보고 있었는데
별들이 쳐다보고 소곤대곤 했었는데
그런 공공연한 비밀을 만들고

아무도 모르고
너와 나만의 비밀이야
이렇게 달콤한 약속을 한다.

사실은 온 동네 사람들 다 알고 있었는데
알면서도 모른 척할 뿐인데
그것도 모르고
자기네끼리의 비밀만 달콤해하는 연인이 있다.

함께 하는 이가 있어
아름다운 배경이 있어서일까
나와 일 저지른 그 혹은 그녀와의 비밀이
아름답다.

시대를 초월한 아름다움
그런 비밀은 달콤한 법이다.

여차 가는 길, 다포에서

궁금하다
몇 번을 발걸음 한 거제
그곳에 자리한 여차

여차 가는 길,
작은 펜션 하나
나를 기다린다

꼬불꼬불 여정에 지친 몸
꼬깃꼬깃 주름진 옷가지들에 묻어온
진한 여름 눅눅함도 풀어놓고
냉장고에
김치랑 참치 캔, 복숭아도 들인다

여차여차하다 보니
다다른 곳
여기는 여차가 아닌
다포
다포란다
여차를 못 가도
서운하지 않을 만큼

여차의 그늘이 드리워진 곳
다 포함하고 있었다

여차 가는 길, 다포에
하룻밤을 늘어놓고
몸을 빼어
해금강 파도를 만난다

응큼한 상상

오늘 늦가을 하늘은
노총각 냄새 쿰쿰해
칙칙한 이불자락
속에서
맨발 꼼지락거린다
해거름 가위로 깎은 발톱에 걸려
너덜거리는 실밥
헝클어진다

봄꽃 유감

어느새
져버렸구나, 아카시아 꽃이여
보랏빛 등꽃이여,
이팝나무 머리에 소복하던 푸짐함도
벌써 가버렸구나
찔레꽃 한 무더기 진한 향만 아침 산길에 인사한다

여름은 절대 그냥 보내지 않으리
담장에 흐드러진 넝쿨 장미를
한껏 눈에 담으리

퇴근길에
한 아름 꺾어온 남편의 장미꽃다발
식탁에서 싱그럽다

서두르지 말게나

강가에 버들강아지 하얀 솜털로 짖어댄다
봄날이 가고 있구려
눈부신 봄날이 가고 있구려
즐기세나
그러나 서두르지 말게

귀에 걸려 흐르지 못하는 한 마디
서두르지 말게

벚꽃축제 못 가보면 억울하고
너도 나도 꽃 따라가는 길
서두르다 꽃도 못 보고
밀리고 밀리고
아서라 아서라 남의 발뒤꿈치나 밟지 말고
벚꽃 말고라도
하얗게 솜털 되어 날리는
버들강아지 짖어대는 소리에 귀 기울여보시게나

바람이 보태주는
봄소식에
황사 틈으로 비치는 여윈 햇빛에

따끔거리는 눈과 목구멍으로
콜록거리며 꼭꼭 씹어 음미한다
서두르지 말게나

낮달

새벽 지나
아침 다가오는데
미처 떠나지 못한 낮달
반쪽 얼굴로 쑥스러운 웃음 띠고 있다.

달아나지도 못하고
꼼짝없이
하늘 모퉁이에 옷자락 걸려
뒤뚱거린다
빛은 어디로 사라지고
핼쑥한 얼굴만 남아
웃고 있다

지켜주고 싶은 누군가 있어
밤이 지나 새벽이 지나 아침이 되었는데
궁금하고 염려되는 누군가 있어
돌봐줘야 하는 누군가 있어
그 자리에서 꼼짝도 못 하고
믿음의 미소만 보내는가

70까지만 살고 싶다하시던 어머니

10여년의 여생을

자식들 지켜보며 여린 빛으로 비춰주시더니

낮달은 어느 못난 자식들을 지키고 있을까

앞니 두 개로 웃는다

앞니 두 개로 웃는다

잇몸 뚫고 나오기가 힘든 나날

가려운 잇몸 손가락 깨물고

장난감 깨물고

수저까지 깨물더니

아랫니 두 개 뾰옥하니 돋아나

앞니 두 개로 웃는다

앞니 두 개로 웃는다

질긴 세월 씹고 씹어

닳고 상한 이 다 빠지고

기쁨도 슬픔도 노여움도 즐거움도

꼭꼭 씹어 삼키고

앞니 두 개만 남아

희미한 웃음 웃는다

누레진 앞니 두 개와

이제 막 생겨난 앞니 두 개가

웃음만은 닮아있다

무욕의 웃음

순정한 웃음

담백한 웃음

할머니와 손자의 웃음은

닮아있다

잠 설친 이유

밤에도 빨간빛, 파란빛의 눈을 동그랗게 뜨고 무언가를 응시하고 있
는 그들을 보았는가
낮에도 그들은 그렇게 여린 빛을 뿜어내며 어딘가를 뚫어지게 바라
보고 있었건만
다른 빛들이 잠이 들고 나서야 그들의 눈은 빛난다

밤하늘의 별빛이 눈에 들어오지 않는 이유가 도시의 밤에 눈을 휘둥
그레 뜨고 있는 수많은 불빛 때문이라더니 내 방 전자제품의 눈들도
낮에는 다른 빛들에 가려서 그들의 눈을 볼 수 없었는데
내 눈을 쉬어주려고 다른 빛들을 더불어 쉬게 해 주려고 눈꺼풀을
닫는 순간 그들의 동그란 눈이 내 눈에 들어온다 살아있는 동안 잠
시의 휴식도 허용되지 않는 냉장고, 오디오, 텔레비전, 정수기……
거의 대부분의 전자제품들이 리모컨 개발로 작은 눈을 감을 수도,
졸 수도 없어졌다
이사 갈 즈음이나 되어야만 겨우 눈을 쉬는데 눈만 쉴 뿐 차에 실려
흔들리고 때론 누군가의 부주의로 여기저기 부딪치고 흔들리고 심
지어는 부상까지 입는데 어쩌랴 그들의 운명인걸

누군가 나를 보면
내가 그들을 보는 눈으로
나를 가엾게 볼지도 모를 터

나의 어떤 면이 다른 존재의 눈에는

그리도 가여울지 어찌 알까

어제 밤잠을 설치며

작은 눈들을 보는 나의 이 소심함을 가여워할지……

우리 집 청소기는 대한민국이다

진공청소기가 먼지를 먹는다
먼지 먹다 지쳐 헉헉거린다
이젠 더 못 먹겠다 쉬자 숨을 고르자

아니야
나는 배가 고파 더 먹어야 해
더하기 빼기
셈이 엇갈려
만나야 힘이 날 텐데
엇갈린 양극 음극
디리릭

선을 당긴다
몸을 때린다
정신 차려
아직 너는 더 살아야 해
아직 너는 쓸모가 있어

위잉
먹어야 산다
먼지를 먹자

우리 집 청소기는 접촉불량
우리 집 청소기는 대한민국이다

양극과 음극
이어질 듯 끊어질 듯
헤어져 끝내 못 볼 것 같아도
그리워 가슴 조이는 이들이 있어
다시 만나 먼지를 먹는다

남과 북
삐그덕거리고
헥헥거리고
말도 많고 탈도 많아도
북에
또 남에
헤어진 형제들 있어
만나야 한다

우리는 다시 만나야 한다
한 몸으로
온전하게 되살아나야 한다

어제는 농담이었다

하루 종일 인상 쓴 하늘에 눌려
괜히 주눅 든 하루
몸을 돌돌 말고
이불속에서 잠만 청한 날
내 몸이 내 몸 같지 않고
마음대로 되는 일 하나도 없었다
심판의 날 오려나

내가 했던 작은 거짓말
나도 모르는 새 맘 상하게 한
그들이 내리는 심판인가
나는 하늘이 두려웠다

오늘 아침
어제는 거짓말처럼 사라지고
따스한 햇살이 거실 한가득 들어찬다

밤새 겨울비가 살짝 내렸을 뿐
아무 일도 없었다
바람도 잠이 들고
어제는 농담이었다

눈꼽 낀 햇빛

눈꼽 낀 햇빛
그래도 진홍의 꽃 부르고
초록을 부른다
노래도 부른다

때 낀 하늘 온천물에 담가볼까
유황 온천물에 들어갔다 나오면
푸름을 찾을 수 있을까?

저 태양도 같이 물에 담가볼까

눈꼽 떼고 세수하고 목욕하고
문 활짝 열고 맞이하리라
5월이여

아무리 땅 흔들어 먼지 투성이 세상 될지라도
바닷물 머리 풀어헤치고 땅으로 달려오더라도
원자로 뒤틀어 방사능을 뱉어내더라도

5월은 찬란하다
무섭지 않다

거꾸로 걷는 하루

이문희 시집

지은이 : 이문희

인쇄일 : 2023년 3월 10일
발행일 : 2023년 3월 20일

발행인 : 이문희
펴낸곳 : 도서출판 곰단지
주소 : 경남 진주시 동부로 169번길 12, 윙스타워 A동 1007호
전화 : 070-7677-1622
팩스 : 070-7610-7107
전자우편 : gomdanjee@hanmail.net
ISBN : 979-11-89773-62-5   03810